s mágico
E RESECA
Un libro sobre los desiertos

New York   T.   nd Sydney

Basado en un episodio de la serie de dibujos animados,
producida para la televisión por Scholastic Productions, Inc.
Inspirado en los libros del *Autobús mágico*,
escritos por Joanna Cole
e ilustrados por Bruce Degen.

Adaptado de la serie de televisión por Suzanne Weyn.
Ilustrado por Bob Ostrom.
Guión para la televisión de Brian Meehl y Jocelyn Stevenson.

ISBN 0-590-73921-2

12 11 10 9 8 7 6 5 4 3   9/9 0 0/1

Printed in the U.S.A.   23

First Scholastic printing, February 1996

La señorita Frizzle es la profesora más extraña y sorprendente que existe. Pero esta mañana todo estaba extraordinariamente tranquilo. Estábamos trabajando en nuestro diorama del desierto. Las cosas parecían normales, lo cual era muy extraño. ¡Nada es *normal* por mucho tiempo en la clase de la señorita Frizzle!

Casi todos nosotros pensábamos que el diorama se veía perfecto, pero Tim no estaba satisfecho.

—Algo le falta —dijo él.

Teníamos arena, grava y cacto. Teníamos hasta una lámpara especial para el sol del desierto y un ventilador para el viento. ¿Qué nos podría faltar?

—¡Yo sé! —gritó Phoebe—. ¡Necesitamos animales del desierto!

La señorita Frizzle dejó lo que estaba haciendo y levantó la vista.

—¡Excelente deducción, Phoebe! —dijo con una sonrisa.

¿No te parece lindo?

Sólo a Phoebe le puede parecer lindo un monstruo de Gila.

Afortunadamente la señorita Frizzle tenía exactamente lo que necesitábamos: ¡un barril enorme lleno de animales del desierto, de juguete!

Phoebe llevó el barril hasta el diorama y mientras colocaba los animales en su sitio, Dorothy Ann nos decía sus nombres.

—Tortuga, coyote, rata canguro, correcaminos, monstruo de Gila...

¡Había animales del desierto de todas clases y tamaños!

Los animales se veían bien, pero Carlos pensaba que no podrían sobrevivir en el desierto caliente y árido.

—¡En el desierto casi no hay agua! ¡No hay agua! ¡No hay comida! ¡No hay dónde refugiarse! —dijo Carlos.

Phoebe se quedó boquiabierta.

—Escasez es la ley del desierto, Phoebe. En un abrir y cerrar de ojos todos nuestros lindos animales serán presa de los buitres —explicó Carlos.

—¡Pobres criaturas! —gritó Phoebe, subiéndose a una silla—. ¡Tenemos que unirnos y formar un comité! Se llamará... E.C.E.D.

—E.C.E.D. significa *E*studiantes *C*ontra la *E*scasez en el *D*esierto —explicó Phoebe—. ¡Escasez, porque es muy difícil encontrar agua o comida en el desierto!

—Tal vez deberíamos ir de excursión al desierto —insinuó Arnold.

Todos lo miraron. Por lo general, él *detesta* las excursiones, pero ahora estaba preparado. Tenía una bolsa con todo el equipo necesario y vestía, de pies a cabeza, un traje especial para el desierto. ¡Además, estaba leyendo una manual de supervivencia para excursiones!

En los ojos de la señorita Frizzle apareció un extraño destello. Ella *siempre* está lista para ir de excursión.

En un santiamén, nos encontramos todos en el autobús mágico en dirección al desierto.

¿Qué tienes en la mochila?

Oh, loción contra el sol, antídoto para la mordedura de serpiente, y una docena de señales luminosas...

De repente, el autobús escolar comenzó a correr a toda velocidad por la carretera, cada vez más rápido, hasta que...en un instante, ¡el autobús se convirtió en un avión! Despegamos y nos elevamos sobre las montañas.

—Señorita Frizzle —dijo Phoebe preocupada—, ¡esto no es el desierto! ¡Son montañas! ¡Vamos en la dirección equivocada!

La Friz lo negó con la cabeza.

—Si no fuera por estas montañas, Phoebe, no habría desiertos.

—¿Han oído ustedes alguna vez hablar del efecto de la sombra de la lluvia sobre el clima? —preguntó Carlos.

Ninguno había oído nada, excepto la señorita Frizzle, claro está. Entonces Carlos nos lo explicó.

—Cuando el aire caliente y húmedo se eleva sobre las montañas —dijo Carlos—, el vapor de agua que contiene el aire se condensa y se convierte en lluvia o nieve que cae sobre las montañas, dejando las tierras al otro lado tan secas como un desierto.

> ¡Liz, dame mi paracaídas, por favor...!

Sin avisar, la señorita Frizzle presionó una
alanca ¡y el autobús descendió en picada!

—¡Huuuyyy! —gritaron todos, excepto Arnold, que estaba
cupado leyendo su manual de cómo sobrevivir en una excursión.

—Consejo número 63 —leyó Arnold—. ¡En caso de un rápido
escenso, puede ponerse un paracaídas!

¡Estábamos por estrellarnos! Pero la Friz haló un interruptor y el autobús se convirtió en un vehículo especial para el desierto. Casi al último momento, logramos detenernos suavemente. ¡Uf!

¡El sol en el desierto ardía como una brasa! Todos empezamos a sudar, excepto la señorita Frizzle. . . ella *siempre* mantiene la compostura.

Por encima de nosotros un buitre volaba en círculos, pero la señorita Frizzle parecía no notarlo.

—¡Caminemos, niños —dijo la Friz—, hemos venido a aprender acerca del desierto! ¡Arriésguense! ¡No teman equivocarse! Cúbranse de polvo!

¿Es sólo idea mía, o es ésta nuestra *última* excursión?

¡Vamos, chicos! ¡Tenemos que salvar los animales!

Pronto descubrimos un correcaminos hambriento, que corría tras un lagarto con un collar en el cuello.

—¡Rápido! —exclamó Phoebe—. ¡Corran todos al autobús! ¡Tenemos que salvar ese lagarto!

Los ojos de la señorita Frizzle se iluminaron.

—Phoebe, ésta es una situación que merece ser explorada —dijo la Friz.

En el autobús, la señorita Frizzle haló una palanca. ¡El autobús empezó a achicarse hasta convertirse en un monstruo de Gila! ¡Y ahora el correcaminos nos perseguía a nosotros!

¡La señorita Frizzle aceleró. . . a fondo!

—Como siempre digo, a mal hambre buena cara.

   ¡Unos segundos más tarde el correcaminos nos agarró en su pico!
¿Cómo nos libraremos de ésta? Arnold consultó su manual de
supervivencia.

   —Consejo número 107: Para evitar ser devorado vuélvete incomi-
ble —leyó él—. ¿Qué significa eso?

   —Significa que debemos convertirnos en algo que no se puede
comer —explicó Dorothy Ann.

   —¿Puede alguien dar una idea que nos salve de ser digeridos?
—preguntó la Friz, y haló otra palanca.

El autobús se sacudió como loco y se convirtió en un lagarto ¡lleno de púas! El correcaminos nos arrojó de golpe. Obviamente no le gustaban los lagartos con púas.

—Así que los animalitos del desierto tienen forma de evitar que los devoren —comprendió Phoebe—, como sacar las púas.

—¡Eso es, Phoebe! ¡Exactamente! —dijo la Friz.

¡Puf! ¡Por un pelo!

Luego, Phoebe nos hizo salir a todos del autobús para mirar una liebre.

—Arnold, dale tu sombrero —dijo Phoebe—. ¿Si no, cómo se va a proteger del sol?

—Orejas acondicionadas —dijo la Friz con una sonrisa, y nos explicó que la sangre caliente del conejo se enfría al pasar por sus grandes orejas y una vez que se enfría, circula por todo el cuerpo.

Luego, Phoebe quiso ayudar a una tortuga del desierto.

—¿Te gustaría ser una tortuga bajo este sol abrasador del desierto?— preguntó Phoebe.

A la señorita Frizzle le brillaron los ojos.

—Como siempre digo, hay más de una manera de combatir el calor —dijo ella—. ¡Todos a bordo del vehículo de todo terreno!

Ahora, hasta Arnold parecía preocupado. ¿Qué se le ocurriría ahora a la Friz?

Ojalá no hubieses preguntado eso, Phoebe.

¡Zuumm! ¡Vueltas y más vueltas! El vehículo de terreno se achicó cada vez más y se cubrió con una concha muy dura. Luego, comenzó a excavar y excavar, y se escondió debajo de la tierra.

—¡Ajá! Esto explica lo que es ser una tortuga del desierto —dijo la señorita Frizzle. Ella parecía estar encantada.

Un segundo más tarde todo se volvió oscuro.

—¿Dónde estamos? —gritó Tim.

—En la madriguera de una tortuga. Un refugio subterráneo —explicó la Friz.

Nos mantuvimos frescos en la madriguera de la tortuga hasta que el sol se ocultó en el horizonte y salimos nuevamente. El desierto bullía de actividad. ¡Increíble! Estaba *lleno* de animales.

—¿Qué pasó? —gritó Keesha.

Arnold consultó su manual.

—Consejo número 57 —leyó él—. Para combatir el calor haga como los animales del desierto; ¡salga sólo de noche!

Arnold, ¿tienes algún suéter en la mochila?

Cuando el sol se oculta en el horizonte, el aire se enfría.

—Phoebe, he ahí otra manera que tienen los animales del desierto de protegerse. Reconozcámoslo —dijo Carlos con una sonrisa—: ¡el E.C.E.D. es un fracaso!

—¡Está bien! —dijo Phoebe—. Tal vez estos animales puedan protegerse ellos mismos, y tal vez sepan cómo mantenerse frescos. Pero yo *sé* que hay una cosa que ellos necesitan... ¡agua!

Phoebe corrió y subió al autobús, recogió todas nuestras cantimploras de agua, y salió del autobús con dificultad.

¡Oh, no! ¡Phoebe le iba a dar nuestra valiosa agua a los animales!

—¡Espera, Phoebe! —gritó Carlos—. Tal vez ellos no necesiten *nuestra* agua. Ellos deben conseguir agua de *algún modo,* porque sin ella no podrían vivir.

Phoebe frunció el entrecejo y lo desafió.

—Está bien. Si eres tan listo, dime cómo.

Justo en ese momento, algo salpicó a Carlos y a Phoebe. ¡Lluvia!

Un momento más tarde, llovía a cántaros. Todos corrimos al autobús.

¡Al día siguiente el desierto era algo asombroso! ¡Todo florecía y había animales *por todas partes*!

—¿Es esto un sueño? —preguntó Phoebe.

—No —dijo la Friz—. ¡Es el desierto después de una tormenta!

¡Maravilla de la naturaleza!

¡Necesitaban agua para florecer!

Arnold se agachó sobre un charco grande y exclamó.

—Hay camarones en el agua.

—¿Camarones? —dijo Phoebe—. ¿En el desierto?

—¡Y también cerdos! —añadió Dorothy Ann—, señalando a un cerdo que comía de un cacto.

—En realidad, ése es un pécari, una especie de cerdo del desierto —explicó la Friz.

—¡Miren! —exclamó Keesha—. ¡Hay agua en este cacto! Dorothy Ann se acercó para mirar.

—De acuerdo a mis observaciones, este cacto es jugoso por dentro y ceroso por fuera —dijo ella.

—Oye, tal vez esa cosa cerosa hace que el agua se mantenga adentro —dijo Tim pensativamente.

Como siempre digo, cuando diluvia, el desierto almacena.

—Carlos, tienes la razón —dijo Phoebe—. Los animales del desier[to] no necesitan nuestra ayuda. Están equipados para vivir aquí.

—Correcto, Phoebe —dijo la señorita Frizzle—. Todo lo que vive aq[uí] tiene medios de adaptación para enfrentarse a la vida en el desierto.

—¿Quieres decir que el hecho de que las plantas no necesiten mucha agua, y que la absorban tan rápido como pueden, son adaptaciones? —preguntó Dorothy Ann.

Consejo número 999: Aquellos que no tengan adaptaciones especiales par[a] el desierto, viajen siempre con una profesora de cabello rojizo rizado.

—Absolutamente —dijo la Friz.

—Y las púas de un largarto son una adaptación que lo ayudan a no ser parte del menú —dijo Ralphie.

—Y una tortuga que se esconde en una madriguera bajo la arena y una liebre con orejas muy grandes son adaptaciones para vencer el calor —dijo Wanda.

—Sí —estuvo de acuerdo la señorita Frizzle—. Todos los seres que viven aquí tienen características especiales —adaptaciones— para la supervivencia.

La señorita Frizzle suspiró y dijo alegremente:

—¡Todo tiene sentido!

Cuando regresamos a la escuela, todos estábamos *muy* cansados, especialmente Arnold.

—Pues bien, debo decir que, a excepción del momento en que casi fuimos devorados —balbució con dificultad—, y el momento en que casi nos insolamos, y cuando casi nos ahogamos en la inundación... mi manual de supervivencia fue VERDADERAMENTE útil.

—Pues bien, ahora que sé que todas estas plantas y animales tienen adaptaciones para enfrentarse a la vida en el desierto, esto me permite concentrarme en salvar otra cosa —dijo Phoebe.

Todos los demás estaban demasiado cansados para *pensar* en eso.

—Pero esta vez es un animal el que realmente necesita ayuda —insistió Phoebe—. ¡Nos llamaremos E.C.P.A.!

—E.C.P.A. significa *E*studiantes *C*ontra las *P*ersonas *A*dormecidas —dijo Phoebe, señalando afuera de la ventana.

—¡Carlos! —gritamos todos a la vez.

Carlos dormía plácidamente dentro del autobús.

—Obviamente Carlos no tiene adaptaciones para soportar las excursiones al desierto —bromeó Phoebe.

La señorita Frizzle sonrió.

—Como siempre digo ¡si no puedes soportar el calor no vayas al desierto!

PHOEBE: ¿Hola?

NIÑO: ¿Hablo con el autobús mágico?

PHOEBE: Sí, pero...

NIÑO: Verás, estoy creando un nuevo grupo... el S.R.C. —*S*alven a las *R*atas *C*anguro—, y quiero que Phoebe sea la presidenta.

PHOEBE: ¿Sí? Quiero decir que es muy amable de su parte, pero las ratas canguro no necesitan que las salven.

NIÑO: ¿Quieres decir que ellas pueden vivir también en el desierto?

PHOEBE: Correcto. Por ejemplo, pueden pasar toda la vida sin beber agua. Pueden tomar toda el agua que necesitan de las semillas y plantas que comen.

NIÑO: ¡Una pregunta más! ¿Conoces realmente a Phoebe?

PHOEBE: Sí, de hecho...

NIÑO: ¿Me puedes hacer un favor? Dile que pienso que es magnífica. Adiós.

¡Caramba! ¡Debería contestar el teléfono más a menudo!

Rata canguro

Todas las plantas, incluso las plantas del desierto, usan agua. Puedes cerciorarte haciendo el siguiente experimento.

Necesitarás:
- Una margarita o clavel blanco
- Colorante para alimentos
- Un vaso con agua

Pon varias gotas de colorante para alimentos en el agua hasta obtener un color profundo y llamativo. Luego, pon la flor en el agua. Después de absorber el agua por el tallo la flor cambiará de color en pocos días.

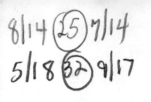

8/14 (25) 7/14
5/18 (32) 9/17